# Os lusíadas

## Luís de Camões

adaptação de Edson Rocha Braga
ilustrações de Clarissa Ballario

*Gerente editorial*
Sâmia Rios

*Editora*
Samira Youssef Campedelli

*Assistente editorial*
Edgar Castro

*Preparador de texto*
José Paulo Brait

*Revisores*
Ana Carolina Nitto
Ana Paula Nunes
Andréa Vidal de Miranda

*Coordenadora de arte*
Maria do Céu Pires Passuello

*Programação visual de capa*
Aída Cassiano

*Elaboração do encarte*
Ana Luiza Couto

editora scipione

Avenida das Nações Unidas, 7221
Pinheiros – São Paulo – SP – CEP 05425-902
Atendimento ao cliente: (0xx11) 4003-3061

www.coletivoleitor.com.br
atendimento@aticascipione.com.br

2022
ISBN 978-85-262-7708-3 – AL
CL: 737153
CAE: 249535
2.ª EDIÇÃO
10.ª impressão

*Impressão e acabamento*
Vox Gráfica

**Dados Internacionais de Catalogação na Publicação (CIP)**
**(Câmara Brasileira do Livro, SP, Brasil)**

Camões, Luís de, 1524?-1580

Os lusíadas / Luís de Camões; adaptação Edson Rocha Braga. – São Paulo: Scipione, 1998. (Série Reencontro infantil)

1. Literatura infantojuvenil I. Braga, Edson Rocha II. Título. III. Série.

98-1180 CDD-028.5

**Índices para catálogo sistemático:**
1. Literatura infantil 028.5
2. Literatura infantojuvenil 028.5

# Sumário

# A reunião dos deuses

Os portugueses navegavam pelo grande oceano desconhecido. O vento manso inchava as velas das naus. As proas cortavam as águas, deixando a superfície coberta de espuma branca.

Enquanto isso, os deuses estavam reunidos no monte Olimpo, convocados por Júpiter, senhor dos raios.

Com uma voz de meter medo, o pai de todos os deuses falou:

– Eternos moradores do céu estrelado! Chamei vocês aqui por causa desse pequeno povo da Europa descendente do deus Luso e que agora vai realizar grandes feitos. Suas façanhas serão maiores que as dos assírios, dos persas, dos gregos e dos romanos, os quatro povos que já dominaram o mundo.

E Júpiter continuou falando:

– O Destino prometeu a eles o governo do mar do Sol nascente. Assim, é justo que encontrem logo a terra desejada. Por isso, ordeno que os povos da costa da África os recebam como amigos. E que os reabasteçam de água e comida, para que alcancem logo o Oriente.

Baco, o deus do vinho, não concordava com as palavras de Júpiter. Muito admirado no Oriente, ele sabia que todos os seus feitos naquelas terras seriam esquecidos se os portugueses (também chamados de lusitanos) chegassem até lá e, por isso, não queria que fossem ajudados.

Vênus, a deusa da beleza, não tinha a mesma opinião que Baco. Ela simpatizava com os portugueses. Sabia que seria glorificada em todas as partes aonde chegassem os valentes lusitanos.

Assim, Vênus e Baco começaram a discutir, cada qual mantendo sua opinião. Foi então que Marte se levantou para defender Vênus, por quem tinha uma antiga paixão. Suspendeu a viseira do capacete de diamantes e colocou-se diante de Júpiter.

– Meu pai, é preciso fazer o que o Destino determinou. Por isso, o senhor não deve mais ouvir Baco. A opinião dele parece suspeita.

Júpiter concordou com Marte e, satisfeito, abençoou a todos, salpicando-os com néctar, a bebida dos deuses. Em seguida, encerrou a reunião.

## Os mouros de Moçambique

Enquanto isso se passava no formoso Olimpo, os portugueses navegavam entre a costa da África e a ilha de Madagáscar. Era uma frota de quatro naus, cada uma com pouco mais de quarenta homens. Cada navio era comandado por um capitão, e um deles era o almirante da frota. Seu nome era Vasco da Gama.

O ar estava calmo e os portugueses aproximaram-se de umas ilhas, de onde surgiu um grupo.

Os homens que vinham nos barcos eram todos negros. Vestiam roupas de algodão, brancas ou listradas de várias cores. Estavam nus da cintura para cima e usavam um turbante na cabeça. Tinham adagas e punhais presos à cintura. Alguns tocavam trombetas estridentes.

O almirante Vasco da Gama recebeu-os com cortesia. Os visitantes perguntavam, em árabe, aos portugueses:

– De onde vocês vêm? O que buscam por aqui?

Com a ajuda de um intérprete, o almirante respondeu-lhes:

– Somos os portugueses do Ocidente. Temos percorrido o mar de norte a sul e já rodeamos toda a costa africana. Nosso rei é muito poderoso e muito amado. Por ordem dele, vamos em busca daquela terra do Oriente chamada Índia. E vocês, quem são?

Um deles respondeu:

– Somos estrangeiros nesta terra. Somos mouros. Os nativos daqui são selvagens, sem religião. Nós temos a religião verdadeira, ensinada por Maomé.

O mouro continuava a falar:

– A pequena ilha de onde viemos se chama Moçambique. Os navios que passam por aqui sempre param nela.

Disse que lá os portugueses encontrariam um piloto para guiá-los até a Índia. Falou também que o governador visitaria o comandante da frota no dia seguinte. Depois, despediu-se e voltou com sua gente para os barcos.

ILHA DE MADAGÁSCAR

# A visita do governador

Logo que amanheceu, a frota preparou-se para receber com festa a visita do chefe do governo da ilha. Enfeitou-se com todas as suas bandeiras e toldos coloridos.

O governador recebeu de presente ricas peças. Em seguida, perguntou se eles não estavam vindo da Turquia.

– Ilustre senhor – respondeu Vasco da Gama –, não sou nem da terra nem da raça dessa gente detestável da Turquia. Venho da Europa guerreira. Sigo a religião do Deus que manda em tudo o que existe, visível ou invisível. Aquele que criou o Universo.

Ao saber que os estrangeiros eram cristãos, o mouro se encheu de ódio. Mas fez força para disfarçar. Continuou a tratá-los com sorrisos e uma gentileza falsa.

Vasco da Gama pediu-lhe que conseguisse um piloto para conduzir a frota até a Índia. Ele prometeu atender, mas, se pudesse, em vez do piloto, daria a morte aos cristãos.

# As armadilhas de Baco

Lá de cima, no céu, Baco assistia a tudo. Ao ver que o governador estava com raiva, imaginou um plano traiçoeiro. Descendo à Terra disfarçado de velho sábio mouro, foi à procura do governador, que o recebeu com muito respeito.

– Esses cristãos que estão aí são ladrões conhecidos – disse Baco. – Em todo lugar por onde passam, chegam com promessas de paz. Depois roubam, queimam e arrasam tudo.

O governador, que já estava com raiva dos lusos, acreditou logo no falso mouro. Baco explicou-lhe então as armadilhas que planejara para acabar com os portugueses.

## A vingança dos canhões

O Sol nascia quando Vasco da Gama decidiu mandar alguns barcos para pegar água na ilha. Recomendou que seus homens fossem bem armados, para evitar surpresas.

Na praia, os mouros já esperavam. Uns poucos à vista e outros escondidos no mato, com arcos armados de flechas envenenadas.

Quando os barcos dos portugueses se aproximaram, foram ameaçados. Os inimigos gritavam e agitavam suas adagas.

Logo o ar se encheu com as explosões dos tiros e os assobios das balas de chumbo.

Alguns dos mouros que se exibiam na praia caíram feridos ou mortos. Os que não foram atingidos fugiram assustados.

Mas aquela vitória tão rápida não contentou os portugueses, que desejavam uma vingança completa. Invadindo a povoação, ficaram ali por muitas horas, destruindo e saqueando.

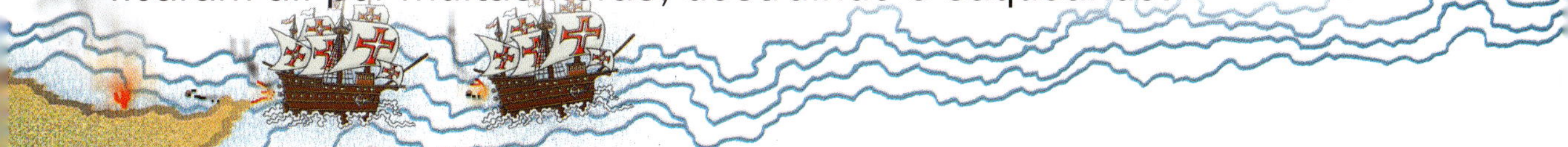

## Pelos rumos da traição

A lição não serviu ao governador. Ele estava com mais raiva do que nunca. E resolveu pôr em ação uma segunda armadilha.

Mandou o piloto prometido até a nau de Vasco da Gama, com o recado de que estava arrependido.

O almirante recebeu-o e mandou a esquadra suspender as âncoras. O tempo estava bom, com ventos favoráveis.

O piloto disse a Vasco da Gama que estavam perto de uma ilha onde habitava um antigo povo cristão. Mas, na verdade, a ilha era dominada por outros mouros, que, avisados pelo governador de Moçambique, já estavam à espera para destruir as naus portuguesas.

## A proteção de Vênus

Acontece que, lá do alto, Vênus acompanhava a viagem dos portugueses. Ela percebeu que eles deixavam a rota certa e seguiam ao encontro da morte. Resolveu impedir. Mudou a direção dos ventos e desviou as naus daquele caminho.

O traidor não desistiu. Ainda na esperança de fazer a armadilha funcionar, disse ao almirante que podiam ir para outra ilha próxima, habitada por cristãos e por mouros.

Vasco da Gama continuava acreditando em tudo o que o piloto mouro dizia. Seguiu para a tal ilha, que se chamava Mombaça.

Logo que a frota ancorou, um barco se aproximou da nau de Vasco da Gama.

– Valoroso capitão – disse um mouro do barco. – Trago um recado do rei desta terra. Ele está muito feliz com sua vinda.

– Existem cristãos aqui? – perguntou Vasco, agradecido.

– Muitos! – mentiu o mouro. – A maioria de nosso povo segue a fé cristã. E o rei está ansioso por receber o senhor. Para isso, pede que entre na barra com toda a sua frota, sem nada temer.

## As ninfas do mar

No dia seguinte, bem cedinho, Vasco da Gama deixou que os mouros subissem nos navios e aceitou o convite do rei para entrar na barra com sua frota.

Acontece que Vênus estava assistindo a tudo lá de cima. Ao perceber a armadilha, voou até o mar para pedir ajuda às Nereidas. Essas sereias adoravam a deusa da beleza, que também tinha nascido no mar. Assim, seguiram juntas para Mombaça.

Lá chegando, algumas delas empurraram para trás a nau capitânia, enquanto outras empurraram de lado. Descontrolado, o navio aproximou-se de um rochedo. Percebendo o perigo, o comandante começou a gritar ordens.

Os mouros, escutando aquela gritaria toda, acharam que os portugueses tinham descoberto sua armadilha. Com medo de serem atacados, atiraram-se dos navios e fugiram nadando para o lado do porto.

Ao ver a fuga esquisita dos mouros e do piloto traiçoeiro, Vasco da Gama compreendeu o que aquela gente cruel tinha preparado e agradeceu aos céus pelo milagre, pedindo que a graça divina mostrasse o caminho para um porto realmente seguro.

Vênus ouviu a prece do almirante português. Emocionada, despediu-se das sereias e seguiu por entre as estrelas a caminho do Olimpo. Ao chegar, ela disse a Júpiter:

– Pai poderoso, sempre pensei que o senhor fosse ficar a meu favor, mas agora vejo que está do lado de Baco e contra os portugueses...

E o rosto dela cobriu-se de lágrimas, como a rosa com o orvalho. Comovido, Júpiter beijou-a na face, abraçou-a e disse:

– Formosa filha, não se preocupe com os lusitanos. O Destino reservou para eles um grande futuro.

Depois de dizer isso, Júpiter mandou que Mercúrio, o deus mensageiro, fosse à Terra preparar um porto para receber com segurança os navios de Vasco da Gama.

Mercúrio partiu levando com ele a deusa Fama, para falar do valor dos portugueses.

Desceram em Melinde, um porto africano que ficava bem na rota da esquadra. Ali, Fama fez o seu serviço. E logo todo mundo estava querendo receber os portugueses, porque a celebridade atrai o amor.

# Uma festa em Melinde

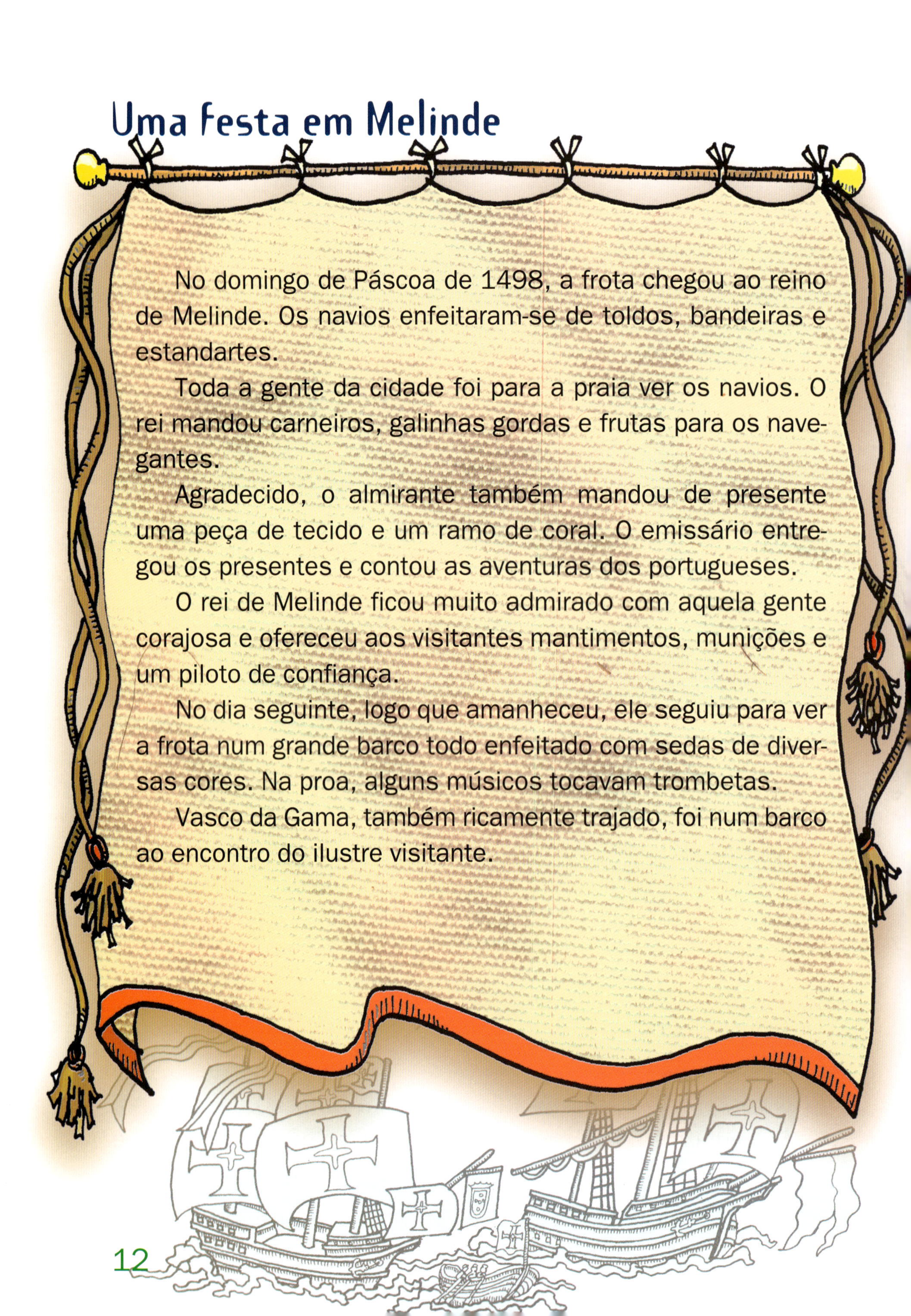

No domingo de Páscoa de 1498, a frota chegou ao reino de Melinde. Os navios enfeitaram-se de toldos, bandeiras e estandartes.

Toda a gente da cidade foi para a praia ver os navios. O rei mandou carneiros, galinhas gordas e frutas para os navegantes.

Agradecido, o almirante também mandou de presente uma peça de tecido e um ramo de coral. O emissário entregou os presentes e contou as aventuras dos portugueses.

O rei de Melinde ficou muito admirado com aquela gente corajosa e ofereceu aos visitantes mantimentos, munições e um piloto de confiança.

No dia seguinte, logo que amanheceu, ele seguiu para ver a frota num grande barco todo enfeitado com sedas de diversas cores. Na proa, alguns músicos tocavam trombetas.

Vasco da Gama, também ricamente trajado, foi num barco ao encontro do ilustre visitante.

# A história de Inês de Castro

A conversa de Vasco da Gama com o rei de Melinde durou horas. O almirante contou a história de todos os reis portugueses. O monarca africano ouvia com muita atenção. De vez em quando pedia mais detalhes sobre alguns episódios. Foi o que aconteceu quando Vasco falou do caso da mulher que virou rainha depois de morta.

– Como assim? – quis saber o rei.

E o almirante contou-lhe a triste história de Inês de Castro. Era uma linda jovem castelhana que um dia conheceu o príncipe de Portugal, chamado Pedro. Os dois se apaixonaram, mas não podiam casar-se porque ela não era de família nobre. Mesmo assim, o romance continuou, escondido, e os dois tiveram quatro filhos.

O rei não estava nada satisfeito com aquele romance proibido. Apresentou algumas princesas e damas nobres ao filho, para que ele se casasse e desse ao reino um herdeiro legítimo. Mas Pedro continuava apaixonado por Inês de Castro.

O rei só viu um jeito de acabar com aquele amor proibido. Fez um julgamento e condenou Inês à morte. A sentença foi executada na mesma hora por dois carrascos.

Quando soube da morte de sua amada, o príncipe ficou louco de dor. Quis vingar-se do pai, mas a mãe não deixou.

Quando o rei morreu, dom Pedro subiu ao trono. Para vingar a morte de Inês, mandou matar os dois carrascos. Depois, mandou reunir toda a corte. E jurou que, anos antes, havia se casado em segredo com Inês de Castro.

– Foi assim que ela virou rainha depois de morta – disse Vasco da Gama.

# O velho do Restelo

O rei de Melinde estava muito emocionado. O almirante contou-lhe mais alguns episódios gloriosos da história de Portugal.

– Certa noite, dom Manuel teve um sonho revelador. Sonhou que estava num lugar de onde podia ver muitas terras e nações. A leste, duas fontes claras brotavam de altas montanhas naquela região selvagem, cercada por uma floresta. Dom Manuel viu dois velhos que saíam das nascentes e caminhavam em sua direção. Tinham barbas compridas e a água escorria pelos seus corpos. Disseram-lhe que eram os espíritos dos dois grandes rios da Índia, o Indo e o Ganges. E que, se dom Manuel se esforçasse, um dia iria dominar todos os povos que habitavam as margens desses dois rios.

– Sua Majestade acordou confuso e maravilhado – disse Vasco. – De manhã, contou o sonho aos seus fidalgos e resolveu organizar uma esquadra para ir em busca dos mundos anunciados. E eu tive a honra de ser o escolhido para comandá-la.

No dia 8 de julho de 1497, a frota estava preparada no porto de Lisboa, ancorada no rio Tejo, diante da praia do Restelo. Toda a gente de Lisboa foi até lá. As mulheres choravam. Vasco da Gama ouviu uma delas dizer:

– Oh, meu filho querido! Você é a única pessoa que resta em minha vida. Por que está indo para longe de mim? Para virar comida dos peixes?

E houve um velho – o ***velho do Restelo*** – que fez um discurso, muito zangado, dizendo:

– Maldito seja o primeiro homem do mundo que pôs velas na madeira seca e construiu o primeiro barco. Malditos os que só desejam fama e glória!

E, enquanto o velho gritava essas palavras, os navegantes já abriam as velas, e os navios iniciavam a longa viagem.

# O gigante Adamastor

Vasco da Gama contou ao rei de Melinde que, durante essa viagem pelo oceano desconhecido, ele e sua tripulação enfrentaram muitos perigos, tempestades e calmarias. Viram acontecimentos misteriosos que eram contados por antigos marinheiros.

Uma noite, depois de navegarem cinco dias, surgiu no céu uma nuvem escura e carregada. Ouviu-se ao longe um rumor que vinha do mar e...

– De repente – disse Vasco – surgiu no ar uma figura robusta, gigantesca, com o rosto zangado, cor de terra. Tinha uma barba enorme, os olhos encovados, os cabelos desgrenhados e cheios de terra, a boca negra, os dentes amarelos. Era assustador!

E, então, o gigante começou a falar, num tom de voz que parecia sair do mar profundo:

– Ó gente atrevida, que ousa navegar pelos meus grandes mares, por onde nunca passaram antes outros navios.

– Mas... quem é você, afinal? – perguntou Vasco.

O gigante retorceu a boca e os olhos negros e deu um grito pavoroso.

– Meu nome é Adamastor. Lutei na guerra dos titãs contra Júpiter e os outros deuses. Fui incumbido de derrotar a armada de Netuno, o deus do mar. Aceitei a missão porque estava apaixonado pela ninfa Tétis. Como sou feio e grande, achei que só pelo caminho das armas poderia disputá-la.

O gigante contou como foi enganado por Tétis. Quando ela soube o que ele queria, mandou dizer que se entregaria a ele, para livrar o oceano da guerra. Desistindo da luta, Adamastor foi encontrá-la.

– De longe, vi surgir a figura de Tétis, branca e nua. Como um louco, corri na direção dela. Abracei-a e beijei seus olhos, seu rosto e seus cabelos. De repente, me dei conta do engano. Vi que estava abraçando uma montanha dura e coberta de mato. E o que eu achava que era o rosto dela, era um rochedo. Chorei de vergonha, num lugar escondido.

Acontece que, a essa altura, seus irmãos titãs já tinham perdido a guerra para os deuses e estavam todos sendo castigados.

– Meu castigo foi terrível – contou Adamastor. – Os deuses transformaram meu corpo em terra e meus ossos em rocha. Depois me estenderam aqui e me transformaram nesse cabo longe de tudo. Tétis cercou-me com suas águas. Isso piorou minha dor, porque me faz lembrar dela o tempo todo.

Em seguida o gigante desapareceu e o mar rugiu ao longe.

Vasco continuou contando ao rei:

– Ao amanhecer, a luz do sol mostrou-nos a terra alta em que o gigante se transformara. Contornamos aquele promontório e logo estávamos navegando no mar deste lado da África.

## Na Terra dos Bons Sinais

Dirigiram-se para o mar alto e navegaram por um bom tempo, até que o almirante resolveu aproximar-se outra vez do litoral. Descobriram um porto onde entravam e saíam muitos barcos a vela.

– Foi uma grande alegria em nossos navios – contou Vasco da Gama. – Aquela gente sabia navegar, devia saber alguma coisa sobre a Índia.

Os moradores daquela terra também eram negros. Disseram que sua cidade se chamava Sofala. E que às vezes chegavam até ali navios tão grandes quanto os dos portugueses, que vinham das terras do Oriente, onde também havia gente branca.

Os portugueses ficaram tão contentes com essas notícias que deram ao local o nome de Terra dos Bons Sinais.

Contudo, a alegria dos portugueses logo se transformou em dor. Uma doença terrível, chamada escorbuto, alastrou-se entre os tripulantes. As gengivas e os lábios ficavam inchados e cheios de feridas que tinham um forte mau cheiro. Muitos morreram e foram enterrados naquela terra estranha.

Para terminar seu relato, Vasco da Gama falou:

– E assim, prosseguindo viagem com grande esperança, mas também com muita tristeza, chegamos aqui, em Melinde, onde recebemos sua proteção e conforto.

## No reino de Netuno

Após várias homenagens, o rei conseguiu para a frota o melhor piloto que havia por ali. E assim, o almirante partiu para as terras que tanto buscava.

Enquanto isso, Baco, cheio de inveja, resolveu tentar fazer ainda alguma coisa para impedir o sucesso dos portugueses. Descendo à Terra, dirigiu-se ao fundo do reino dos oceanos.

Baco pediu a Netuno que chamasse ali todos os deuses dos mares. Disse que a ameaça era tão grave que ele queria contar a todos ao mesmo tempo.

Tritão foi incumbido de convocar a todos. Grande e feio, tinha cabelos e barbas de algas do mar, com mexilhões pendurados nas pontas. Pegou uma grande concha retorcida e começou a soprar nela com força. O som ecoou pelo oceano inteiro. Na mesma hora, os deuses do mar atenderam ao chamado.

Os deuses sentaram-se nas magníficas cadeiras de cristal do salão de Netuno, todo perfumado com âmbar. Então, Baco revelou a causa do seu sofrimento:

– Ó, deuses marinhos! Neste grande reino todas as ofensas sempre foram castigadas. Mas os humanos, esses seres fracos e atrevidos que já dominaram o fogo, agora querem dominar a água. E vocês não estão fazendo nada. Se continuar assim, logo eles se transformarão em deuses e nós viraremos humanos.

Quando terminou seu discurso, os deuses marinhos estavam indignados. Resolveram tomar providências contra os portugueses invasores. Enviaram um recado a Éolo, o deus dos ventos, para que mandasse seus súditos soprar com violência até que a esquadra portuguesa fosse totalmente destruída.

## A Fúria dos ventos

Era noite. Alguns marinheiros estavam no convés, de vigília. O vento soprou tanto que os homens logo recolheram as velas menores. Nem bem tinham acabado de fazer isso, desabou uma grande tempestade.

– Recolher a grande vela! – gritou o contramestre.

Não houve tempo. Os ventos furiosos despedaçavam tudo com um barulho que parecia anunciar o fim do mundo. A nau capitânia ficou cheia de água e inclinou-se perigosamente. Os marujos gritavam de pavor.

– Estamos afundando! Bombeiem a água! Joguem toda a carga no mar!

Um grupo correu para as bombas, mas foi derrubado por uma onda. Três fortes marinheiros não conseguiam controlar o leme.

Ao ver o perigo que sua gente amada estava correndo, a deusa Vênus chamou as sereias e desceu com elas até o mar. Os ventos eram apaixonados pelas sereias, e Vênus sabia disso muito bem. Assim que viram as formosas ninfas, perderam a força e se entregaram à linda deusa. Ela prometeu ajudá-los no amor. Em troca, recebeu dos ventos a promessa de obediência a ela.

# Um amigo na Índia

Quando amanheceu, os marinheiros finalmente avistaram terra. O piloto de Melinde disse:

– Vocês não estavam procurando a Índia? Pois ali está ela.

Vasco da Gama, então, ajoelhou-se e agradeceu a Deus.

Pouco depois, surgiram pequenos barcos de pescadores, que indicaram o caminho de Calicute, capital do reino de Malabar, na costa da Índia.

A frota ancorou perto da barra. Vasco da Gama mandou um de seus homens, João Martins, que falava várias línguas, comunicar a chegada dos lusitanos ao rei.

Ao chegar à cidade, o mensageiro atraiu a atenção de todos. O povo dali nunca tinha visto ninguém com uma pele tão branca, um rosto tão estranho e roupas tão esquisitas. Logo, João Martins foi cercado por uma multidão.

Um muçulmano, chamado Monçaide, perguntou:

– O que trouxe vocês a este lugar, tão longe de sua pátria?

Martins teve uma grande surpresa em ver alguém ali falando castelhano.

– Viajamos pelo mar profundo. Passamos por onde ninguém veio antes, para trazer até aqui a fé de Cristo.

Espantado com a aventura dos portugueses, Monçaide disse que queria ajudá-los.

– O rei desta terra é chamado de samorim. Ele está passando uns dias numa casa fora da cidade. Enquanto isso, você vai ser meu hóspede. Fique na minha casa e prove as comidas desta região.

Martins aceitou a oferta e os dois comeram, beberam e conversaram como se fossem velhos amigos.

Monçaide disse que o samorim de Calicute era agora o governante mais poderoso da Índia e que no país havia muitos muçulmanos, controladores de todo o comércio. E falou dos indianos, dos costumes e das crenças do povo da terra.

– As pessoas aqui se dividem em duas categorias. Uma é a casta dos nobres e guerreiros, que se chamam naires. A outra é a classe dos pobres, chamados poleás. A religião não permite que eles se misturem. Só os naires podem exercer o ofício das armas. Para eles, é um grande pecado serem tocados pelos poleás. Quando isso acontece, os naires se limpam e purificam em grandes cerimônias.

Havia ainda os sacerdotes. Monçaide disse que eles eram chamados de brâmanes.

– Não matam bicho nenhum, nem mesmo um inseto. E nunca comem carne – disse. – Mas, em compensação, podem namorar à vontade!

# No palácio do samorim

A notícia da vinda dos portugueses logo chegou ao samorim, que mandou convidar Vasco da Gama para visitá-lo.

Em terra, o almirante foi recebido por um catual, como eram chamados os ministros do reino.

Nos portais do palácio real havia muitas figuras entalhadas, que representavam cenas da história da Índia, desde os tempos mais antigos. Havia até uma mostrando o exército de Baco, que tivera grandes vitórias no Oriente.

A comitiva atravessou muitas salas luxuosas até chegar ao salão onde estava o samorim. Um brâmane dirigiu-se até Vasco da Gama e fez sinal para que ele se sentasse diante do rei. Pouco depois, os dois começaram a conversar, com a ajuda de intérpretes. Vasco disse ao rei:

– Ó, samorim, seu poder é tão grande que a notícia dele chegou até nossa terra, muito longe da Índia. O meu rei, que também é muito poderoso, quer tornar-se amigo desta terra. Para isso, mandou-me até aqui, para comerciar muitas riquezas com Vossa Majestade. Se isso acontecer, ele poderá ajudá-lo nas guerras com soldados, armas e navios.

O samorim respondeu:

– Estou muito honrado com essa oferta, mas não posso responder agora. Antes, farei uma reunião com meu Conselho de Estado. Até lá, o senhor e seus homens fiquem hospedados na casa do meu catual.

Logo ao amanhecer, os magos indianos sacrificaram alguns animais para ler o futuro nas vísceras deles.

O Demônio mostrou a um dos adivinhos que os lusitanos iriam escravizar o povo de Calicute e destruir suas riquezas. Assustado, o mago foi correndo contar isso ao rei.

Também os religiosos muçulmanos passaram o dia preocupados com os portugueses. Tudo começou durante a noite anterior, quando Baco apareceu a um deles, em sonhos. Disfarçado no profeta Maomé, disse a um sacerdote:

– Fique sabendo que os navegantes que acabaram de chegar vão causar muitos danos a Calicute e ao seu comércio com Meca. É preciso resistir a esses piratas invasores enquanto é tempo!

Dito isso, Baco sumiu.

Em reunião posterior, ao tomarem conhecimento do sonho, todos ficaram contra os portugueses. No final, os religiosos muçulmanos resolveram comprar os governantes da cidade para que eles também ficassem contra os lusos.

Assim, com joias e ouro, os sacerdotes muçulmanos convenceram os ministros do rei de que os portugueses eram invasores perigosos.

# A hora da verdade

Vasco da Gama estava preocupado. Ele sabia que o rei de Portugal, dom Manuel, não iria cumprir o acordo que estava propondo ao samorim. Sabia muito bem que, tão logo a frota portuguesa voltasse com a notícia da descoberta da Índia, dom Manuel enviaria uma frota de muitos navios de guerra para conquistar aquelas terras.

O samorim também estava temeroso de que o rei de Portugal atacasse seu reino.

Indeciso, mandou chamar o almirante e disse:

– Se o seu monarca é tão poderoso, onde estão os presentes que ele mandou para provar isso? Todo mundo sabe que a amizade entre os grandes é feita com presentes valiosos, e não com as palavras de um navegante.

Vasco da Gama respondeu:

– Conheço a razão da suspeita de Vossa Majestade. Só pode ser causada pela intriga dos nossos inimigos. É tudo por culpa desse ódio antigo que existe entre os cristãos e os maometanos. Não trago presentes porque vim apenas descobrir o caminho pelos mares até aqui. A única coisa que desejo é levar provas ao nosso rei.

Vasco da Gama falou com tanta segurança que o samorim se convenceu. Não suspeitava que os magos e os conselheiros tinham sido comprados pelos mouros. Então, disse:

– Muito bem. Vou deixar que vocês comerciem em Calicute. Vou permitir que tragam suas mercadorias para trocar por especiarias. Depois, farei um tratado de paz e amizade com seu rei.

# A traição do catual

Vasco da Gama despediu-se do rei indiano. Na casa do catual, pediu-lhe que arranjasse um barco para ir até a frota.

– Agora não tem barco nenhum – mentiu o catual. – Vocês vão ter que esperar até amanhã de manhã.

– Mas foi o samorim que mandou – disse Vasco.

O catual não deu confiança e resolveu tentar um golpe.

– Mandem vir para terra as riquezas que trouxeram. Eu e os outros conselheiros vamos providenciar as trocas.

Vasco da Gama aceitou e escreveu uma carta ao seu irmão Paulo pedindo-lhe que entregasse a mercadoria.

Os barcos indianos voltaram repletos. Dois portugueses, Álvaro de Braga e Diogo Dias, ficaram em terra com a incumbência de acompanhar a operação.

O catual libertou Vasco da Gama. De volta ao seu navio, o almirante ficou esperando por Álvaro e Diogo.

Só que nada aconteceu. Com astúcia e velhacarias, os mouros e o catual faziam com que os comerciantes recusassem as propostas dos portugueses.

## A troca de reféns

Às margens do mar Vermelho, não muito longe da Índia, ficava o porto de Jedá. Todos os anos, uma grande frota moura ia pelo oceano Índico até a costa do Malabar para buscar especiarias.

Era por essas grandes e possantes naus que os mouros de Calicute estavam esperando. Podiam destruir a frota portuguesa com facilidade.

Os muçulmanos não contavam, porém, que justamente um deles estava do lado dos portugueses. Era Monçaide, que fizera amizade com os lusitanos. E, inspirado por Vênus, contou a Vasco da Gama o plano traiçoeiro.

Sem perda de tempo, o almirante enviou um recado para que Álvaro e Diogo voltassem logo para as naus. Mas eles acabaram presos pelos mouros.

Quando soube da prisão dos dois, Vasco ficou muito zangado e mandou prender alguns homens que tinham ido, escondidos, tentar vender pedras preciosas aos portugueses. Em seguida, deu ordens para que a frota se preparasse para deixar o porto, com bastante barulho.

Em terra, os indianos espantaram-se com a movimentação e a gritaria nas naus. Foram correndo contar ao samorim sobre a partida.

Os outros comerciantes da cidade deram por falta de seus companheiros, presos nos navios.

Em desespero, as mulheres e os filhos dos comerciantes aprisionados foram reclamar com o samorim. O rei viu que precisava fazer alguma coisa. Mandou chamar os dois portugueses e lhes disse:

– Podem voltar para os navios com suas mercadorias. Digam ao seu comandante que mandei pedir desculpas. E que estou pedindo também que liberte nossos comerciantes.

Vasco da Gama ficou mais satisfeito com a volta de Álvaro e Diogo do que com as desculpas do rei. Mandou soltar os comerciantes, mas prendeu alguns dos indianos, que serviriam como prova de que a frota estivera mesmo na Índia.

Havia outras provas. Eram as próprias especiarias, que custavam tão caro na Europa. Os navios iam abarrotados delas, como pimenta, cravo, canela e noz-moscada. Elas tinham sido compradas por intermédio de Monçaide, que seguia também com os portugueses, pois se convertera ao cristianismo.

# O exército de Cupido

Afastando-se da costa da Índia, as naus tomaram o rumo do cabo da Boa Esperança. Os marinheiros, felizes, queriam chegar logo à pátria para contar o que tinham visto e para ganhar prêmios pelo seu trabalho.

Eles não esperavam ganhar também um prêmio de Vênus. A deusa mandou chamar Cupido, que veio voando com suas belas asas.

– Querido filho, quero que as ninfas do oceano sejam feridas de amor pelos portugueses. Depois, elas vão esperar por eles numa ilha que já escolhi. Ali, elas devem entregar aos portugueses tudo o que os olhos deles desejarem.

E Vênus disse a Cupido que esperava que da união das ninfas com os portugueses surgisse uma nova raça, forte e bela, para reinar sobre o mundo.

Ao ouvir essas palavras da mãe, Cupido mandou trazer seu arco de marfim, com o qual disparava setas com ponta de ouro. E chamou a deusa Fama para ajudá-lo.

Seguindo na frente, a deusa foi fazendo elogios aos portugueses, e logo o rumor se espalhou até as mais profundas cavernas do mar.

Isso foi mudando o coração das divindades marinhas, que antes tinham ficado contra os portugueses. Logo, todas as ninfas dos mares estavam morrendo de amor por aqueles homens que elas só conheciam por intermédio de Fama.

# A ilha dos Amores

Os portugueses já navegavam havia muitos dias. Estavam em busca de um lugar onde pudessem pegar água doce, quando avistaram a fresca e bela ilha dos Amores, que Vênus levava flutuando sobre as ondas, na direção deles.

Os navios entraram numa enseada tranquila. A areia branca da praia estava enfeitada de conchas vermelhas. Atrás, havia três montanhas verdes. De suas encostas brotavam fontes claras e transparentes. Suas águas corriam por entre pedras brancas e redondas e formavam o mais belo lago que se pode imaginar. Nas margens, erguiam-se muitas árvores com frutos belos e perfumados. Pelo solo estendia-se um tapete de flores, mais lindo que todas as tapeçarias da Pérsia. Assim, por toda parte, Clóris, a ninfa das flores, competia com Pomona, a ninfa dos frutos. Cada uma queria mostrar coisas mais belas que a outra.

Foi nesse paraíso que os navegantes logo desembarcaram.

# A floresta das deusas

Na floresta, as belas ninfas pareciam estar passeando distraídas. Algumas tocavam uma música doce, com harpas, cítaras e flautas. Outras tomavam banho no lago, nuas. E outras, armadas com arcos de ouro, pareciam estar caçando.

Os portugueses tinham entrado no mato para caçar e, de repente, começaram a ver aquelas belezas por entre os ramos. Espantado, Fernão Veloso deu um grito:

– Senhores, que caça estranha! Acabamos de descobrir muito mais do que qualquer espírito humano já desejou. Estamos na floresta das deusas. Agora, vamos ver se elas são uma miragem ou se são de verdade.

Os homens correram para as ninfas, mais velozes do que gamos. Elas fugiam por entre os ramos, mas sem muita pressa. E, pouco a pouco, sorrindo e dando gritinhos, deixaram-se alcançar pelos caçadores que corriam como galgos.

Oh! Quantos beijos famintos, quantos choros mimosos soavam pela floresta. Quantos carinhos suaves. Quantos protestos logo transformados em risos.

Depois dos primeiros encontros, as ninfas enfeitaram os navegantes com coroas de louros, ouro e flores. Ofereceram-se como esposas e prometeram-lhes sua companhia para sempre, na vida e na morte.

Tétis levou Vasco da Gama até um palácio de cristal e ouro puro, e ali passaram o resto do dia em namoros e prazeres.

Os bravos navegantes bem que mereciam esse prêmio. Tinham alcançado a fama com coragem e muito trabalho.

# As vitórias do futuro

A noite caía quando as formosas ninfas, de braços dados com os amantes satisfeitos, seguiram em direção ao palácio brilhante. Tétis tinha preparado um grande banquete para recuperar seus corpos cansados.

Aos pares, sentaram-se em ricas cadeiras de cristal. Vasco da Gama e Tétis sentaram-se à cabeceira, em cadeiras de ouro. Sobre a mesa havia iguarias divinas servidas em pratos também de ouro, trazidos do mar. Vinhos perfumados espumavam em vasos de diamante.

Conversaram muito alegres, falando de mil assuntos. Uma sereia cantava com voz doce, acompanhada pela música de instrumentos suaves. Cantando as façanhas de heróis do futuro, ela disse o nome de muitos valentes portugueses que ficariam famosos por seus feitos naquelas terras. Entre eles, citou o próprio Vasco da Gama, que voltaria ali em outras viagens e se tornaria um dos vice-reis das Índias Orientais.

# A máquina do mundo

Terminado o banquete, Tétis pediu a Vasco da Gama e seus homens que a acompanhassem. Seguiram através do bosque até uma planície coberta de esmeraldas e rubis. Os portugueses, espantados, viram surgir no ar um globo muito brilhante.

Dentro dele havia outras esferas, que iam diminuindo de tamanho. Ao todo eram sete, uma dentro da outra.

– O que é isso? – perguntou Vasco da Gama.

– É a máquina do mundo – disse Tétis. – Foi fabricada pelo Saber.

– E para que serve?

– Ela mostra como é o universo e como funciona.

Tétis apontou para a esfera maior, que ficava por fora das outras, e explicou:

– Esta esfera aqui chama-se Empíreo. Vocês, cristãos, costumam chamar de Céu. É onde estão as almas puras, que têm o grande privilégio de ver Deus. Também podem ver o Destino, que governa a todos nós.

E a deusa foi explicando o que era cada uma das outras esferas. Numa estavam as estrelas que formam as constelações. Noutra, os planetas, o Sol e a Lua. Por último, dentro de todas as demais, encontrava-se a esfera da Terra. Ali ficavam o Fogo, o Ar e a Água.

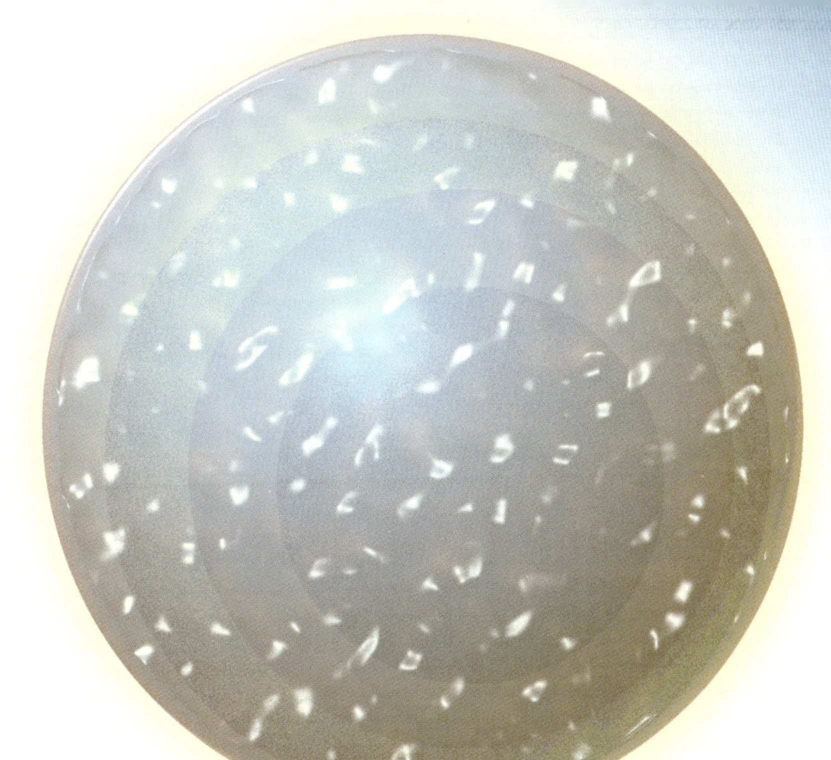

Tétis olhou para Vasco da Gama e disse, com um sorriso:

– Nesta esfera moram os humanos. Eles são muito atrevidos. Não se contentam em sofrer os perigos da terra e ainda saem para desafiar o mar perigoso.

Em seguida, Tétis mostrou um grande continente, que se estendia de um polo ao outro.

– Este é o novo mundo que acaba de ser descoberto pela gente de Castela. É muito rico em ouro.

Apontou para a parte sul daquele continente, onde ele se alargava bastante.

– Nesta terra aqui os portugueses também terão sua parte, que será batizada de Santa Cruz. E, no final desta costa, um navegante português vai descobrir um estreito que levará o seu nome. Por ali se poderá passar para o outro oceano.

Vasco da Gama e seus companheiros estavam maravilhados. Pela primeira vez, os humanos tinham uma visão de como era o globo terrestre. E Tétis concluiu:

– Isso é tudo o que vocês podem saber sobre o futuro. Agora, podem embarcar, pois o tempo está favorável e seu rei os aguarda ansioso.

Pouco depois, os portugueses se despediam da ilha dos Amores. Levavam a lembrança daquelas ninfas que sempre cantariam as glórias deles.

Com vento manso, foram seguindo pelo mar tranquilo até avistar sua pátria tão desejada. Entraram pela foz do rio Tejo e foram recebidos com muita festa pelo povo e pelo rei dom Manuel. Aquela viagem ainda iria proporcionar a ele muitas glórias.

# Quem foi Luís de Camões?

Camões nasceu em Lisboa, no ano de 1525. Seus pais eram fidalgos, mas pobres. Teve bom nível de escolaridade, estudou em Coimbra e adquiriu profundos conhecimentos de ciências. Leu muitos dos escritores gregos e latinos, assim como italianos e espanhóis.

Viveu várias aventuras, principalmente no tempo de seu exílio em Ceuta, no norte da África. Dizem que foi nesse lugar que perdeu a vista direita, em uma batalha contra os mouros. Regressando a Portugal, envolveu-se com boêmios, ferindo um oficial, numa desordem. Cumpriu um ano de prisão e depois, em 1553, partiu para a Índia, em serviço militar. Os conhecimentos que adquiriu serviram, depois, para *Os lusíadas*. Viajou muito pelo Oriente quando deu baixa do Exército. Num naufrágio, na foz do rio Mekong (Indochina), perdeu sua companheira Dinamene. Conseguiu salvar os manuscritos de *Os lusíadas*. Voltou ao seu país em 1570, publicando o livro dois anos depois. Enfrentou sempre muitas dificuldades, até o fim de sua vida, em 1580.

# Quem é Edson Rocha Braga?

Como mora há muito tempo no Rio de Janeiro, Edson Rocha Braga é carioca. Mas é também capixaba, porque nasceu em uma cidade do Espírito Santo, chamada Cachoeiro de Itapemirim. Isso foi em 1938.

Quando Edson era menino, diversão era o que não faltava em Cachoeiro. Ele gostava de andar de bicicleta e a cavalo, de pescar e tomar banho no rio, de brincar e jogar com os amigos: bola de gude, pião, futebol, totó e damas. Também ia muito ao cinema ou ficava em casa ouvindo rádio. Uma das coisas de que mais gostava, porém, era ler. Tanto que resolveu viver de escrever.

Começou escrevendo para jornal, depois de se mudar para o Rio. Primeiro como repórter, depois como redator. Redigiu também anúncios, comerciais de televisão e letras de *jingles* para muitas agências de publicidade. Traduziu mais de dez livros, do inglês, do francês e do espanhol. E trabalha ainda como revisor, o que não é mau para quem gosta tanto de ler.

Para a série Reencontro Infantil, Edson fez três adaptações de contos de *As mil e uma noites*: “Aladim e a lâmpada maravilhosa”, “Simbá, o marujo” e “Ali Babá e os quarenta ladrões”. Adaptou também *Os lusíadas*, em parceria com o cronista Rubem Braga, que era seu tio.

# Os lusíadas

## Luís de Camões

adaptação de Edson Rocha Braga
ilustrações de Clarissa Ballario

*Dom Manuel, rei de Portugal, ordenou ao almirante Vasco da Gama que reunisse seus homens e percorresse os mares de norte a sul, em busca de uma terra chamada Índia.*
*Essa viagem, do Ocidente ao Oriente, foi repleta de aventuras. Os portugueses tiveram de enfrentar muitos perigos até cumprir sua missão.*

editora scipione

# Recapitulando a história

**1** No monte Olimpo, os deuses resolveram acompanhar Vasco da Gama e sua tripulação. Mas nem sempre pretendiam ajudá-los...

a) Quem eram os deuses? Relacione as colunas:

| | |
|---|---|
| a - Júpiter | ◯ deus dos ventos |
| b - Baco | ◯ deus mensageiro |
| c - Vênus | ◯ senhor dos raios |
| d - Marte | ◯ deus do mar |
| e - Mercúrio | ◯ deus da guerra |
| f - Éolo | ◯ deusa da beleza |
| g - Netuno | ◯ deus do vinho |

b) Complete as lacunas:

I) O deus ________________ não queria que os portugueses chegassem ao ______________________.

II) ______________, ao contrário, torcia para que ______________________ e seus comandados conseguissem cumprir sua missão.

III) Apaixonado pela deusa da beleza, ______________ convenceu ______________ a ajudar os lusitanos.

Marque **V** para as afirmativas verdadeiras e **F** para as falsas, de acordo com a história:

|  | | |
|---|---|---|
| O governador de Moçambique era cristão e ficou com ódio ao descobrir que os portugueses eram muçulmanos. | V | F |
| Apesar de os portugueses terem escapado da primeira emboscada, o governador não se conformou e tramou outra armadilha para Vasco da Gama. | V | F |
| A pedido de Vênus, as ninfas do mar evitaram que os mouros capturassem os portugueses. | V | F |
| De Moçambique, os portugueses seguiram diretamente para Calicute, sem parar em nenhum outro lugar, com medo da perseguição do governador. | V | F |
| Em Melinde, Vasco da Gama e sua tripulação foram muito bem recebidos pelo rei e pela população. | V | F |

# Descobrindo coisas...

Ligue os pontos de 1 a 40 e descubra o meio de transporte utilizado por Vasco da Gama em sua viagem ao Oriente.

A cada letra corresponde um símbolo. Responda às questões abaixo de acordo com essa correspondência:

| A | B | C | D | E | F | G | H | I | J | K | L | M |
|---|---|---|---|---|---|---|---|---|---|---|---|---|
| ✸ | ◆ | ✺ | ❈ | ❆ | ☆ | ✴ | ★ | ✪ | ❁ | ✲ | ❂ | ■ |
| N | O | P | Q | R | S | T | U | V | W | X | Y | Z |
| ● | ✍ | ✑ | ✧ | ✰ | ✯ | ✤ | ✼ | ✚ | ❋ | ✡ | ✿ | ✦ |

a) De que personagem das narrativas de Vasco da Gama se diz que "virou rainha depois de morta"?

✪●❆✯ ❈❆ ✺✸✯✤✰✍

___

b) Vasco da Gama conta a história de um gigante enganado por uma ninfa. Como ele se chamava?

✸❈✸■✸✯✤✍✰

___

c) Na hora da partida da frota, um velho se pôs a fazer um discurso, muito zangado. Qual era o nome pelo qual esse homem era conhecido?

✚❆❂★✍ ❈✍ ✰❆ ✯✤❆❂✍

___

Durante a viagem, os portugueses contraíram escorbuto. Você já recebeu algumas informações sobre essa terrível doença ao longo de nossa história. Agora, pesquise na biblioteca de sua escola mais dados sobre ela e escreva o resultado de seu trabalho nas linhas a seguir.

# Quem foram os personagens

Relacione as duas colunas:

a) Vasco da Gama

b) João Martins

c) Monçaide

d) Dom Manuel

e) Álvaro de Braga

f) Diogo Dias

g) Fernão Veloso

( ) Rei de Portugal.

( ) Primeiro a ver as ninfas da ilha dos Amores.

( ) Português que ficou em terra com Diogo Dias para acompanhar a entrega das mercadorias.

( ) Almirante da frota portuguesa, acabou chegando à Índia.

( ) Muçulmano que, admirado com as aventuras dos portugueses, resolveu ajudá-los.

( ) Poliglota, comunicou a chegada dos portugueses ao rei de Malabar.

( ) Foi preso pelos mouros.

Encontre, no diagrama, as palavras que completam as lacunas das frases abaixo.

a) O rei de Malabar era chamado de ____________________.

b) Na Índia, as pessoas se dividiam em duas categorias. Os ____________________ eram os nobres e guerreiros, que compunham uma das castas; os ____________________ eram os pobres.

c) Além dessas duas castas, havia os sacerdotes, denominados ____________________.

d) ____________________ era o nome dado aos ministros do reino.

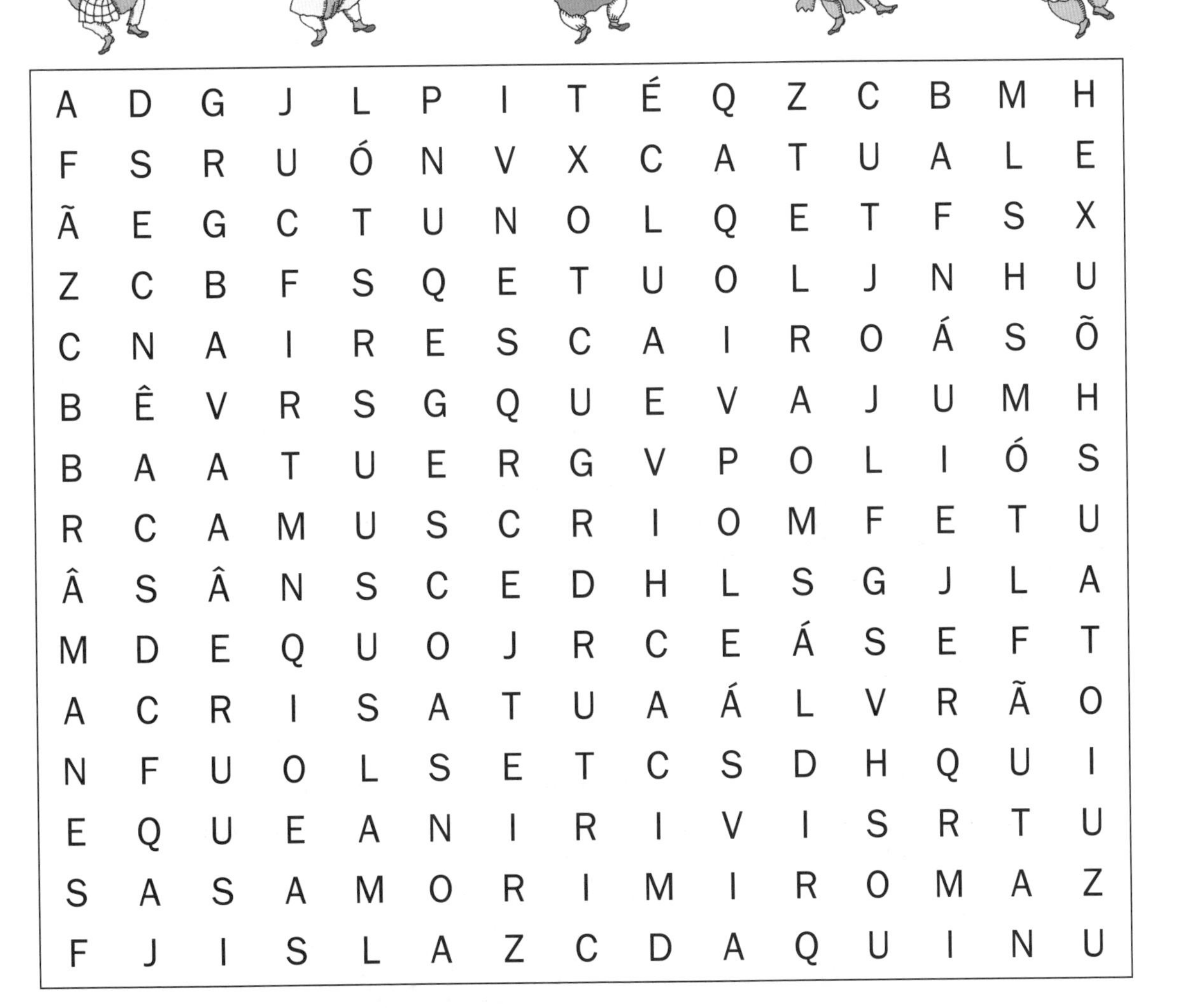

| A | D | G | J | L | P | I | T | É | Q | Z | C | B | M | H |
|---|---|---|---|---|---|---|---|---|---|---|---|---|---|---|
| F | S | R | U | Ó | N | V | X | C | A | T | U | A | L | E |
| Ã | E | G | C | T | U | N | O | L | Q | E | T | F | S | X |
| Z | C | B | F | S | Q | E | T | U | O | L | J | N | H | U |
| C | N | A | I | R | E | S | C | A | I | R | O | Á | S | Õ |
| B | Ê | V | R | S | G | Q | U | E | V | A | J | U | M | H |
| B | A | A | T | U | E | R | G | V | P | O | L | I | Ó | S |
| R | C | A | M | U | S | C | R | I | O | M | F | E | T | U |
| Â | S | Â | N | S | C | E | D | H | L | S | G | J | L | A |
| M | D | E | Q | U | O | J | R | C | E | Á | S | E | F | T |
| A | C | R | I | S | A | T | U | A | Á | L | V | R | Ã | O |
| N | F | U | O | L | S | E | T | C | S | D | H | Q | U | I |
| E | Q | U | E | A | N | I | R | I | V | I | S | R | T | U |
| S | A | S | A | M | O | R | I | M | I | R | O | M | A | Z |
| F | J | I | S | L | A | Z | C | D | A | Q | U | I | N | U |

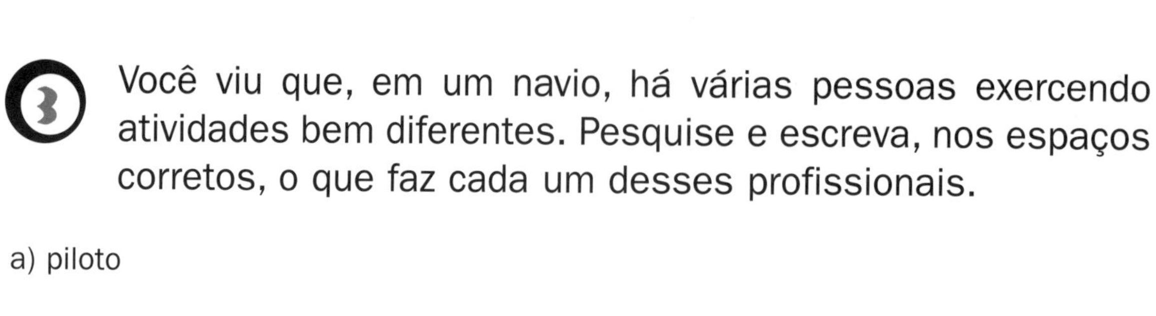

**3** Você viu que, em um navio, há várias pessoas exercendo atividades bem diferentes. Pesquise e escreva, nos espaços corretos, o que faz cada um desses profissionais.

a) piloto

____________________________________________

____________________________________________

b) almirante

____________________________________________

____________________________________________

c) contramestre

____________________________________________

____________________________________________

d) marujo

____________________________________________

____________________________________________

Você se lembra de quem disse o quê? Leia os balões e escreva, nos espaços adequados, os nomes dos personagens que disseram essas frases.

NÃO MATAM BICHO NENHUM, NEM MESMO UM INSETO. E NUNCA COMEM CARNE. MAS, EM COMPENSAÇÃO, PODEM NAMORAR À VONTADE!

______________________

FIQUE SABENDO QUE OS NAVEGANTES QUE ACABARAM DE CHEGAR VÃO CAUSAR MUITOS DANOS A CALICUTE E AO SEU COMÉRCIO COM MECA.

______________________

MEU CASTIGO FOI TERRÍVEL. OS DEUSES TRANSFORMARAM MEU CORPO EM TERRA E MEUS OSSOS EM ROCHA. DEPOIS ME ESTENDERAM AQUI E ME TRANSFORMARAM NESSE CABO LONGE DE TUDO.

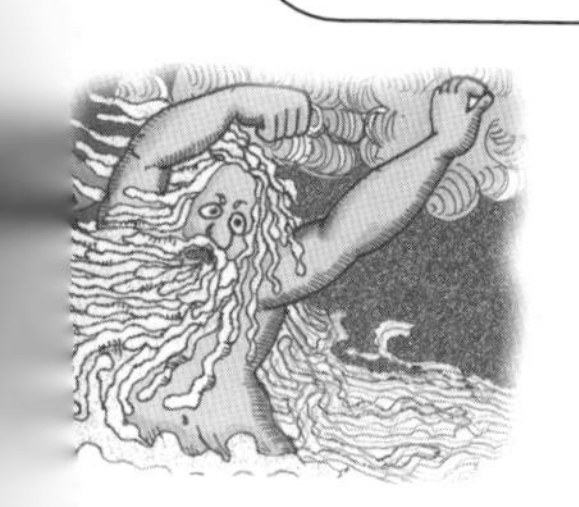

______________________

NESTA TERRA AQUI OS PORTUGUESES TAMBÉM TERÃO SUA PARTE, QUE SERÁ BATIZADA DE SANTA CRUZ. E, NO FINAL DESTA COSTA, UM NAVEGANTE PORTUGUÊS VAI DESCOBRIR UM ESTREITO QUE LEVARÁ O SEU NOME.

______________________

# Um pouco de língua portuguesa...

**1** Escreva, na coluna da direita, os antônimos das palavras da coluna da esquerda. Todas elas estão em **Os lusíadas**.

| Palavra | Antônimo |
|---|---|
| a) glorificada | |
| b) detestável | |
| c) armados | |
| d) rápida | |
| e) destruir | |
| f) comovido | |
| g) nobre | |
| h) confuso | |

As frases abaixo foram extraídas de **Os lusíadas**. Vamos modificá-las? Substitua as palavras sublinhadas por sinônimos.

a) O ar estava calmo e os portugueses aproximaram-se de umas ilhas, de onde surgiu um grupo.

_______________________________________________

b) O governador recebeu de presente ricas peças.

_______________________________________________

c) Logo o ar se encheu com as explosões dos tiros e os assobios das balas de chumbo.

_______________________________________________

d) Vasco da Gama continuava acreditando em tudo o que o piloto mouro dizia.

_______________________________________________

e) Vênus ouviu a prece do almirante português. Emocionada, despediu-se das sereias e seguiu por entre as estrelas a caminho do Olimpo.

_______________________________________________

f) Os portugueses ficaram tão contentes com essas notícias que deram ao local o nome de Terra dos Bons Sinais.

_______________________________________________

g) Martins aceitou a oferta e os dois comeram, beberam e conversaram como se fossem velhos amigos.

_______________________________________________

h) Logo ao amanhecer, os magos indianos sacrificaram alguns animais para ler o futuro nas vísceras deles.

_______________________________________________

Agora, vamos mudar para o presente do indicativo o tempo verbal das orações abaixo. Veja como é fácil:

**Exemplo:**

- Vasco da Gama <u>estava</u> preocupado.
  Vasco da Gama <u>está</u> preocupado.

a) Eles não esperavam ganhar também um prêmio de Vênus.

________________________________________

________________________________________

b) Os homens correram para as ninfas, mais velozes do que gamos.

________________________________________

________________________________________

c) Em seguida, Tétis mostrou um grande continente, que se estendia de um polo ao outro.

________________________________________

________________________________________

________________________________________

d) Vasco da Gama e seus companheiros estavam maravilhados.

________________________________________

________________________________________

e) Entraram pela foz do rio Tejo e foram recebidos com muita festa pelo povo e pelo rei dom Manuel.

________________________________________

________________________________________

________________________________________

## Vamos brincar?

**1** Acompanhe Vasco da Gama pelo labirinto até seu objetivo: a Índia. Mas lembre-se: qualquer descuido, ele pode acabar nas mãos dos muçulmanos...

Vasco da Gama e sua frota saíram de Portugal em direção à Índia.

a) No mapa abaixo, trace a trajetória de Vasco da Gama. Marque o ponto em que o gigante Adamastor apareceu e o ponto em que fica a ilha dos Amores.

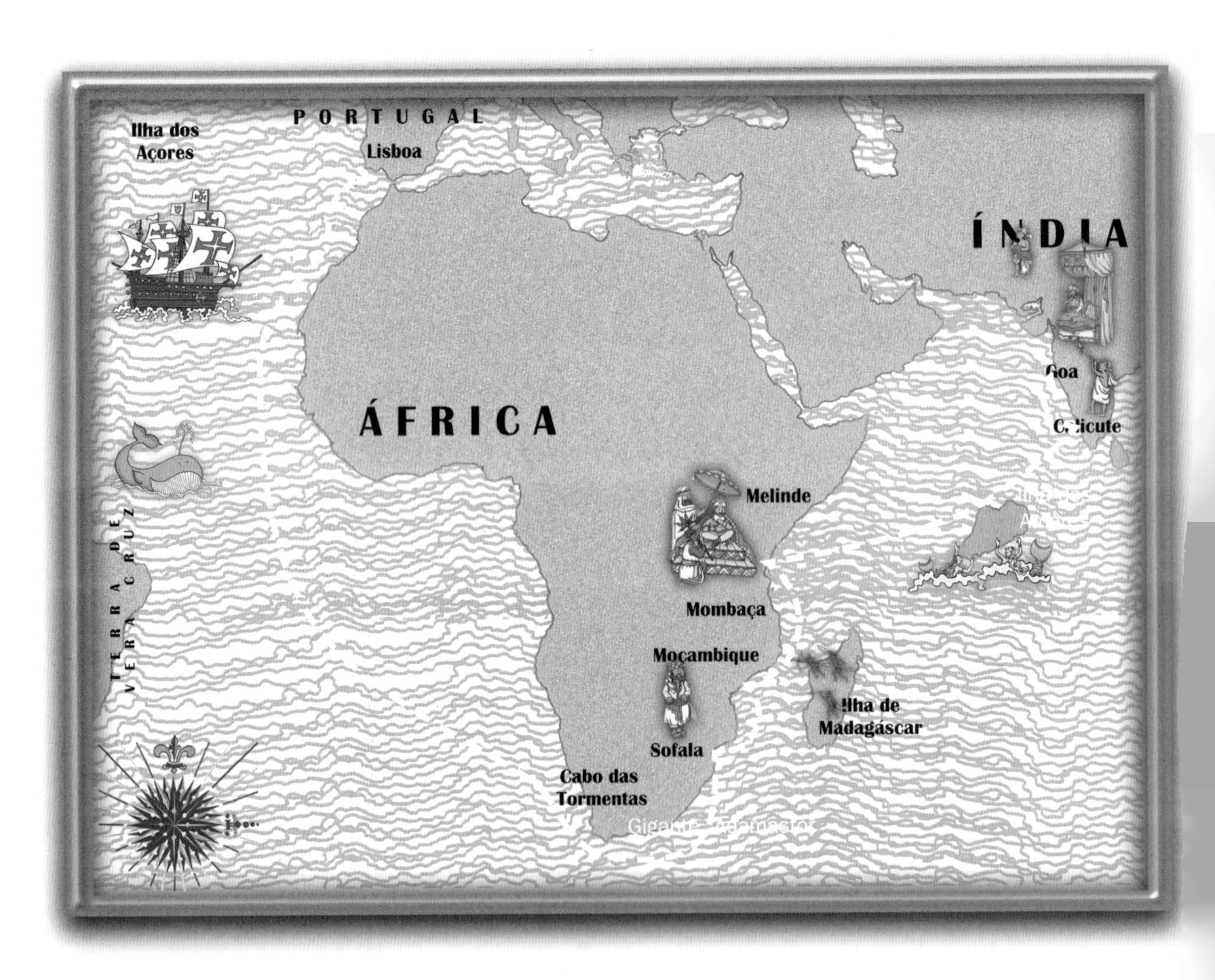

b) Você já sabe que a capital de Portugal é Lisboa. Complete as etiquetas abaixo, escrevendo o nome da capital ao lado do nome do respectivo país.

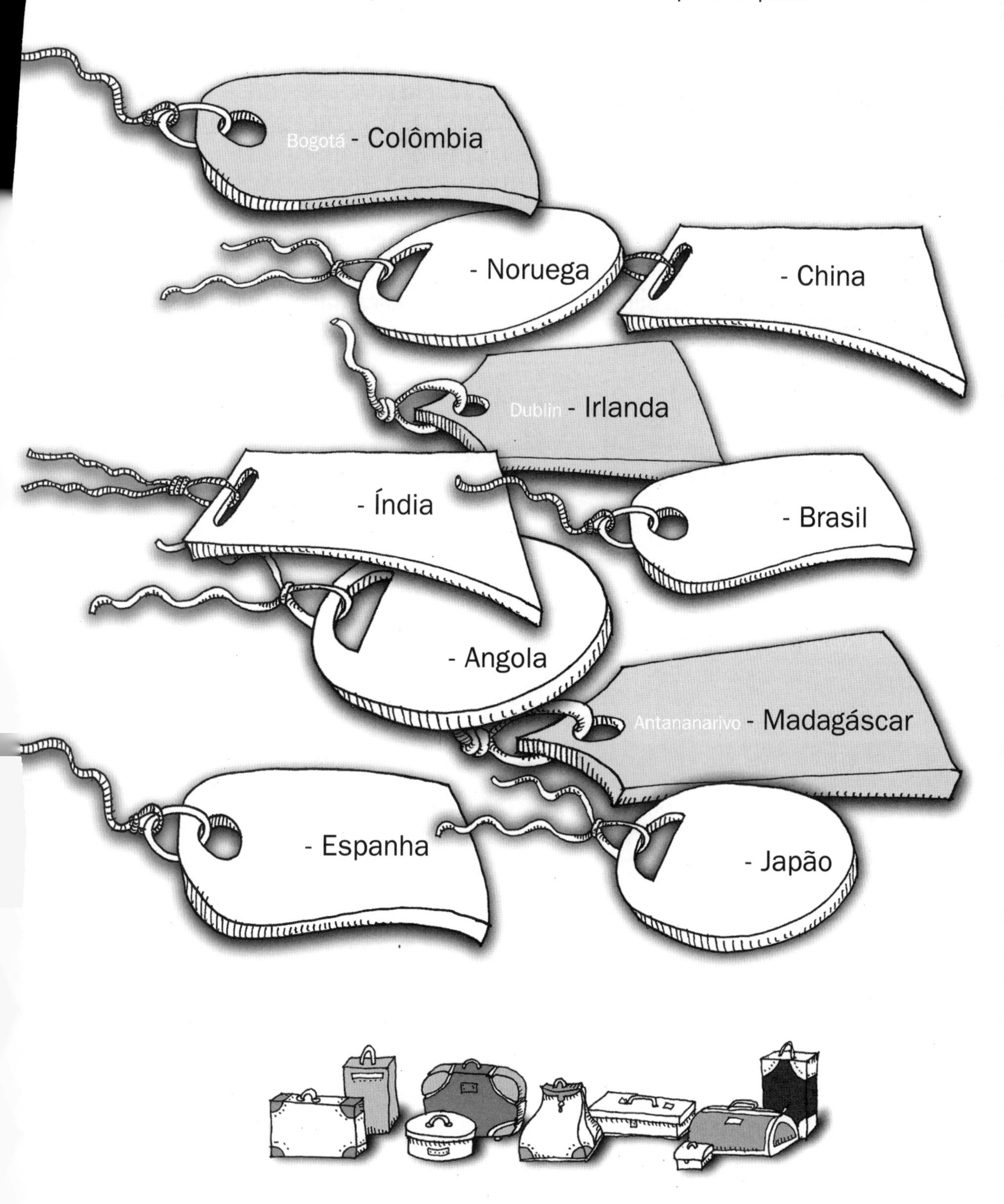

c) Você se lembra de como Camões descreveu a ilha dos Amores?

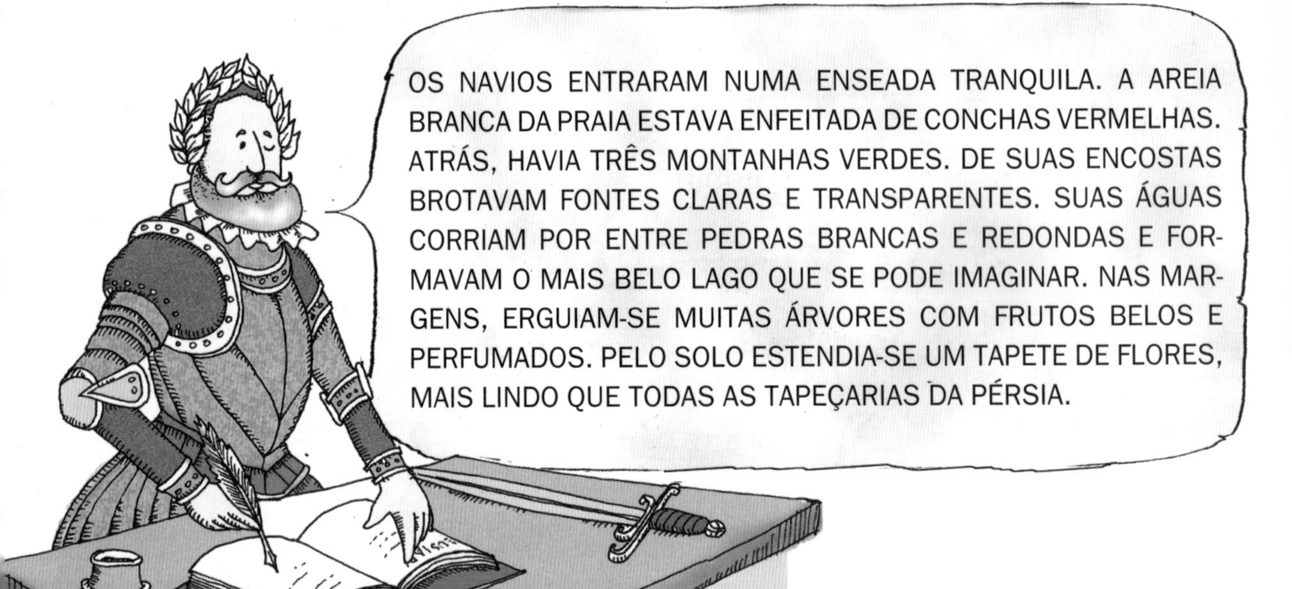


Pela descrição, a ilha dos Amores parece mesmo o Paraíso...
Desenhe, no espaço abaixo, o *seu* paraíso.